www.tredition.de

AF209095

Natia Ioseliani

Das Ich im Spiegel

www.tredition.de

© 2020 Natia Ioseliani

Verlag & Druck: tredition GmbH, Halenreie 40-44, 22359 Hamburg

ISBN
Paperback: 978-3-347-08607-4
Hardcover: 978-3-347-08608-1
e-Book: 978-3-347-08609-8

Das Ich im Spiegel

„Ich bin zwischen meiner Krankheit, meinen Schmerzen und der Literatur hin- und hergerissen. Franz Kafka hasste seinen Vater und sprach gut über seine Mutter. Kurt Tucholsky hasste seine Mutter und liebte seinen Vater. Ich hasse meinen Vater und ich erinnere mich sehr schmerzhaft an ihn. An meine Mutter denke ich auch nicht so gerne, und ich spüre keine Liebe zu ihr. Als Kind, wie sehr habe ich die beiden geliebt. Als ich 16 Jahre alt war, änderte sich mein Leben rasch. Danach ist es unerträglich schmerzhaft geworden... Kafka und Tucholsky liebten nur einen Elternteil, beide haben nie die Liebe zum zweiten Elternteil empfunden. Ich liebte beide und spüre keine Liebe mehr zu ihnen. Wer von uns dreien ist glücklicher, haben wir in dieser Sache überhaupt Glück?!...", las Anne vor. Sie legte den Brief auf den kleinen Tisch und schaute Louise mit ihren vielsagenden Augen an, die auf einem Sessel saß und in ihr Heft ein paar Notizen machte. „Das ist ein kurzer Abschnitt aus einem Brief. Olivia, so heißt das Mädchen. Sie ist 17 Jahre alt und wohnt in Brasilien. Sie möchte unbedingt nach Europa kommen und hier studieren. Deshalb bewarb sie sich bei mir um ein Stipendium", sagte Anne. „Was hat sie erlebt?", fragte Louise. „Sie wuchs in ärmlichen Verhältnissen mit vier Brüdern auf. Ihre Eltern hatten finanzielle Schwierigkeiten. Olivia war 16 Jahre alt und besuchte noch die Schule. Sie war eine sehr gute Schülerin und träumte von einem Studium und von einem besseren Leben. Sie war ein hübsches, gesundes Mädchen. Ihre Eltern verkauften sie an ausländische Männer. Jeden Tag musste sie mit verschiedenen Männern schlafen. Es waren reiche, einsame, unglückliche Männer, die bereit waren, für Sex viel Geld zu zahlen. Aus dem Haus konnte sie nicht fliehen. Olivia war im Keller des Elternhauses eingesperrt. Essen, Trinken, ihre Bücher und die Männer wurden ihr dorthin gebracht.

An einem Sonntag stand vor ihr ein hungriger älterer Mann, der in großer Eile war und kaum warten konnte, auf sie zu springen. Er zog seine feine Kleidung wild und schnell aus und warf diese weit von sich. Dabei rutschte ein Taschenmesser aus seiner Hosentasche, was Olivia nicht unbemerkt blieb. Ihre Gedanken kreisten um die eigene Rettung. Sie dachte an das Taschenmesser, das irgendwo unter dem Bett lag, und als der Mann bei seinem Höhepunkt schrie und auf ihr liegend vibrierte, dachte Olivia an ihre Erlösung. Nach seinem gekauften Spaß zog er sich langsam an. Er schaute Olivia kaum an, die ganz nackt auf ihrem Bett lag und deren Gesicht ihr ganzes Leid zeigte. Der Mann ging mit schnellen Schritten zur Tür und klopfte daran. Als Olivias Vater die Tür aufmachte, lief er schnell hinaus.

Olivia blieb regungslos liegen und starrte in Richtung der Tür. Sie stand langsam auf, kroch unter das Bett, nahm das Messer in die Hand und ging damit zur Tür. Sie versuchte, mit dem Messer die Tür aufzumachen. Die Tür aber war von außen mit einem Schloss zugesperrt. Sie stach und stach mit dem Messer mehrmals auf die Tür ein. Als sie merkte, dass sie so die Tür nicht aufkriegte, kniete sie weinend vor der Tür. Verzweifelt warf sie das Messer weg und legte den Kopf in ihren Schoß. Nach ein paar Minuten hob sie ihren Kopf; sie hielt kurz inne, schaute auf das Messer, stand auf und nahm das Messer in die Hand. Mit der Spitze des Messers spielte sie an ihrem linken Handgelenk, und dabei schaute sie regungslos in die Ferne. Den stechenden Schmerz an ihrem Handgelenk empfand sie als sehr angenehm, die sanften, spielerischen Messerbewegungen bekamen mehr Gewicht; schlagartig spürte sie in ihrer rechten Hand viel Kraft und drückte das Messer ganz tief in ihre Pulsadern hinein.

Olivias Mutter machte die Tür auf. Das Tablett, auf dem sie das Mittagessen für ihre Tochter vorbereitet hatte, fiel ihr aus der Hand, als sie Olivia bemerkte. Sie sah das aus ihren Adern strömende Blut, das ihren nackten Körper bedeckte. Schreiend lief sie zu ihrer Tochter, riss sich die Schürze vom Leib, drückte damit auf die Wunde und versuchte, das Blut zu stoppen. Sie betrachtete ihre bewusstlose Tochter, die in ihrem eigenen Blut badete und die sie für Geld gnadenlos geopfert hatte. Verzweifelt rief sie ihren Mann, einen Krankenwagen anzurufen.

Vor fünf Monaten hat Olivia versucht, sich das Leben zu nehmen. Zurzeit wird sie in einer psychiatrischen Klinik behandelt. Nach ein paar Monaten, als es ihr besser ging, schickte sie mir von der Klinik aus diese E-Mail", erzählte Anne weiter. „Hat sie ihre Eltern angezeigt?", fragte Louise und schaute zwischendurch in ihr Notizbuch. „Nein, sie sagt, dass sie an ihre Brüder denkt. Olivia ist verzweifelt; sie weiß nicht, was besser für ihre kleinen Brüder ist: mit solchen Eltern zusammenzuleben oder ohne sie aufzuwachsen. Sie sind zwischen acht und 14 Jahre alt."„Haben Sie schon mit ihr geredet?", fragte Louise Anne. „Ja, mehrmals", erwiderte sie und fuhr fort: „Den Brief habe ich vor zwei Monaten bekommen; ich war tief berührt und habe ihr sofort zurückgeschrieben. In den letzten Tagen habe ich oft mit ihr telefoniert, sie spricht gut Englisch. Wie konnte ich ihre Not ignorieren?! Sie war überglücklich, als sie erfuhr, dass sie von meiner Stiftung das Stipendium kriegt." „Wann wird Olivia da sein?", fragte Louise mitfühlend. „Es dauert nicht mehr lange, Olivia wird mit Vida bald hier sein. Vida ist eine meiner Mitarbeiterinnen, die selbst aus Brasilien kommt und seit 40 Jahren hier lebt. Sie ist in ihre Heimat geflogen und kümmert sich persönlich um das Mädchen. Es war nicht einfach für sie, das Visum zu bekommen. Sie beantragte gemeinsam mit Vida das Visum und musste ein paar Wochen auf die Antwort warten.

Wir mussten für sie richtig kämpfen und die Botschaft überzeugen, dass wir persönlich für Olivia sorgen werden. Wir tragen die ganze Verantwortung für sie. Sie wird am Anfang bei Vida wohnen und gleichzeitig zu Ihnen zur Therapie kommen. Wenn sie stabiler und gesünder wird, wird sie in einer Wohngemeinschaft der Stiftung wohnen", sagte Anne, trank das Wasser und wollte Louise etwas sagen, als sich die Tür ihres Arbeitszimmers öffnete und ihr dreijähriges Enkelkind hüpfend und schreiend zu ihr lief.

„Omi, wir sind schon da!" sagte sie und sprang in die offenen Arme ihrer Oma. „Mein Engel, wie sehr habe ich dich vermisst", sagte Anna und umarmte ihre Enkelin zärtlich. „Das ist Mia, meine jüngste Enkelin, die unerwartet und spät zu uns kam. Kommen Sie, Louise, mit, ich möchte Sie mit meiner Familie bekannt machen!", sagte Anne und ging gemeinsam mit ihr und Mia aus dem Zimmer.

Sie gingen durch das Haus in den Garten. Ihre ganze Familie war schon da. In zwei Wochen feierte Anne ihren 80. Geburtstag, und ihre Kinder mit ihren Familien waren schon angereist. Annes Augen glänzten vor Glück und zeigten unglaublich viel Wärme. Sie umarmte ihre Kinder, ihre Enkelkinder und sagte mit fröhlicher Stimme: „Es ist so schön, euch alle wieder zusammen zu sehen und euch ganz nahe zu spüren!". Dann ging Anne zu Louise, legte ihre Hand auf ihre Schulter und sagte zu ihrer Familie: „Dies ist Louise. Sie ist eine Psychotherapeutin und arbeitet seit einem

Jahr mit meiner Stiftung zusammen. Und Louise, das ist meine Familie: meine Zwillinge, meine Tochter Lile und mein Sohn Luka. Dies sind Liles Kinder, ihre Tochter Aurora und ihr Sohn Kevin. Hier Lukas' Zwillinge Fritz und Felix und seine kleine Tochter Mia, die kennen Sie ja schon", sagte Anne lächelnd und schaute ihre kleine Enkelin lieb an, die ihre Hand in Omas Hand verborgen hielt. „Mein Schwiegersohn Alex und meine Schwiegertochter Graeca." Anne schaute hin und her mit ihren schönen und warmen Augen und suchte ihren lieben Ehemann, den sie heute noch ebenso sehr liebte wie vor 40 Jahren, als sie ihn heiratete. „Mam, Papa wollte sich kurz umziehen", sagte Lile zu Anne. Sie kannte ihre Mama gut, und sie wusste, dass sie mit solchen leidenschaftlichen Augen nur ihren Mann anblickte. „Schau mal, da kommt der Opa!", sagte Mia und klatschte ihre kleinen Händchen vor Freude aufeinander. Anne drehte ihren Kopf und sah den aus dem Haus zu ihnen laufenden David an. Sie blickten einander in die Augen und ihre Gesichter zeigten ein großes Geheimnis, das Geheimnis, das sie schon seit vier Jahrzehnten miteinander teilten.

Annes Geschichte

„Ich war ein Einzelkind und wuchs in einer wohlhabenden Familie auf. Ich war sehr verwöhnt. Für meinen Vater war ich eine kleine Prinzessin. Ich brauchte nur meine Wünsche zu äußern, und am zweiten Tag, gleich nach dem Aufwachen, sah ich in meinem Zimmer die Geschenke, die mit buntem Papier zauberhaft schön verpackt waren und die auf dem Boden neben meinem Bett lagen.

Für meine Mutter war ich eine kleine Rivalin, die eine große Anerkennung von meinem Vater und von ihrem Ehemann bekam. Sie dachte, dass ich die Schuld an ihrem unglücklichen Eheleben habe. Es war keine Ehe, die aus einer Liebe entstanden war. Meine Mutter hatte meinen Vater wegen seines Geldes geheiratet, und mein Vater brauchte einfach eine schöne Ehefrau, die ihn zu seinen Geschäftsreisen und zu seinen Geschäftsdinners begleitete. Für die beiden war das Wort „Liebe" etwas Fremdes. Mich haben sie schon geliebt, aber auf ihre eigene Art und Weise. Ich hatte als Kind schöne Kleider, viel Spielzeug; was ich nicht hatte, war die Liebe, die alles ernährt und die so wichtig für die Heilung der ganzen Menschheit ist.

Ich hatte schon mit 15 Jahren die größten Städte der Welt gesehen. Als mein Vater auf einer seiner Geschäftsreisen war und meine Eltern bei einem Dinner eingeladen waren, lief meine Kinderfrau mit mir durch die ganze Stadt und wir betrachteten ihre Schönheit und ihre Sehenswürdigkeiten. Für mich sorgte Maria, meine liebe Nanny. Sie kam nach meiner Geburt zu uns, und seit diesem Tag kümmerte sie sich sehr liebevoll um mich. Alles was ich heute weiß und wie ich bin, verdanke ich ihr. Sie hatte eine feine Seele, war sehr gebildet; von ihr lernte ich die Liebe zur Literatur, zur Kunst, und so konnte ich schon als 17-Jährige mit ihr über die Weltliteratur reden.

Neben seiner Ehe hatte mein Vater ziemlich viele Affären. Als Kind kriegte ich das alles nicht mit; was ich sah, war, wie zwei erwachsene Menschen ohne jegliche angenehme Gefühle füreinander zusammen wohnten, die sich meine Eltern nannten. Mein Vater war mit seinen Geschäften beschäftigt. Er war der Besitzer einer Textilfabrik und feierte nicht nur im Inland, sondern auch im Ausland einen großen Erfolg.

Meine Mutter flog um die ganze Welt und versuchte, ihr unglückliches Leben beim Shoppen zu erfüllen. Auch sie war, wie mein Vater, keine treue Seele. In jedem Land, in dem sie war, hatte sie einen Liebhaber, bei dem sie wohnte und auch die Zeit verbrachte. Sie war eine schöne Frau, immer sehr gepflegt und achtete sehr auf ihr Äußeres.

Als sie merkte, dass sie schwanger war, wollte sie mich abtreiben. Ich kann heute noch diese Angst ganz intensiv empfinden. Als ich spürte, dass meine Mutter mich in ihrem Leib töten wollte, bedeckte ich mit meinen kleinen Händchen die Augen, blieb ganz still in einer Ecke sitzen und bewegte mich kaum. Ich zitterte vor Angst; ich sollte mich im Bauch von meiner Mutter geborgen und sicher fühlen, stattdessen fürchtete ich um mein eigenes Leben. Als mein Vater erfuhr, dass meine Mutter schwanger mit mir war, aber das Kind nicht bekommen wollte, redete er so lange mit ihr, bis er sie überzeugt hatte. Er versprach ihr, für sie und für das Kind immer da zu sein, dass er nicht mehr viel arbeiten und ihr bei meiner Erziehung mithelfen würde. Mein Vater wollte und brauchte ein Kind – nach seinem Tod musste ja jemand sein Geschäft übernehmen. Am Anfang war er wirklich oft zu Hause und kümmerte sich um meine schwangere Mutter. Als ich acht Monate in ihrem Bauch war und ihnen kein Liebesspiel mehr erlaubte, ging mein Vater fast täglich in seine Firma zum Arbeiten und feierte dort für ein paar Stunden eine Sexorgie. Natürlich merkte das meine Mutter und war sehr sauer auf meinen Vater, bald war aber schon mein Geburtstermin und ich war damit gerettet.

Als ich geboren wurde, sah ich hässlich aus, und als meine Mutter mich ansah, schrie sie aus Verzweiflung: „Das kann nicht mein Kind sein, ihr habt bestimmt die Kinder vertauscht!". Ich war ganz winzig, ganz rot und ohne ein Haar auf meinem kleinen Köpfchen. Was hatte sie anderes erwartet – sie hatte mich in ihrem Bauch zu Tode erschreckt. Nach ein paar Tagen erlaubten die Ärzte uns, nach Hause zu gehen, und als ich das Haus sah, wo ich leben sollte, war ich schon sehr besorgt und dachte mir: Ich war in einem kleinen Bauch nicht sicher, wie kann ich da in so einem großen Haus überleben? Deshalb war ich ganz still, wollte mich unbemerkbar machen, weinte fast kaum und wenn, nur dann, wenn ich Hunger hatte. Meine Mutter bekam keine Milch; der Körper ist sehr weise, er wusste, dass ich von ihr nichts mehr wollte, und sparte sich diese Mühe.

Ich war schon sechs Monate alt, ich konnte mich an meine Eltern, an unser großes Haus und an mein großes Kinderzimmer voll mit Spielzeug gewöhnen. Ich hatte keine Angst mehr, weil ich kein Monster sehen konnte, das auf mich wartete und mich töten wollte, sondern drei Lebewesen, die genau so aussahen wie ich; der Unterschied war nur, dass sie viel größer waren als ich.

Meine Mama gewöhnte sich auch an mich, sie empfand mich gar nicht mehr so hässlich wie nach der Geburt. Durch die Liebe des Vaters und durch den liebevollen Umgang meiner Nanny erholte ich mich von der Angst, die ich im Mutterleib erlebt hatte, und ich sah sehr süß aus. Deshalb war ich in meinem Babybett ganz entspannt und ruhig, und bei jeder Gelegenheit schlief ich sofort ein. Weil ich nicht laut war und nicht so schrie wie die anderen Babys, ließ meine Mutter den Arzt holen. Sie sagte ihm: „Ich möchte, dass Sie mein Kind untersuchen; sie schläft, dann wacht sie auf, isst die Babynahrung und schläft wieder ein. Sie weint kaum, ich glaube das Kind ist nicht normal!" Der Arzt sah mich an, ich lächelte ihm zu, er schüttelte den Kopf, seufzte tief, untersuchte mich extra auf Wunsch meiner Mutter und sagte ihr ein wenig grob: „Das Kind ist sehr gesund und ganz normal, ich glaube, Sie selbst brauchen Hilfe!". Beleidigt und hysterisch begleitete sie den Arzt aus meinem Kinderzimmer, und seit diesem Tag betrachtete meine Mutter mich als ihre kleine Rivalin.

Den Kindergarten durfte ich nicht besuchen. Meine Mutter wollte nicht, dass ihre Tochter mit anderen Kindern spielte, mit ihnen in einem Raum aß und von den Kindern oder den Erziehern berührt wurde. Ich war immer wie eine Puppe angezogen. Meine Mutter bestimmte, was ich anzog und wie ich meine Haare trug. Ich weinte und weigerte mich, die schönen Kleidchen anzuziehen, und weil ich in der Zeit Zuneigung zu meiner Nanny entwickelte, die meistens in zehn Minuten mit meinem Styling fertig sein sollte, blieb ich ganz still, erlaubte ihr, an mir zu basteln und sah wie eine kleine, unglückliche Prinzessin aus, die davon träumte, dass ihre Mutter endlich auf Reisen gehen würde.

Ich war sehr glücklich, wenn sie nicht zu Hause war. Dann lief ich meistens halb nackt durch das ganze Haus oder spielte auf dem Spielplatz in einem Sandkasten so lange, wie meine schönen Kleider nicht ganz schmutzig waren. Es war unser Geheimnis bis zu dem Tag, als meine Mutter unerwartet von einer Reise zurückkam und mich und meine Nanny, die mit mir verschiedene Sandkuchen backte, mit den Worten „Oh, mein Gott, wie seht ihr denn aus?" erschreckte.

Ich erinnere mich ganz gut an meinen sechsten Geburtstag. Wir feierten diesen Tag nicht bei uns zu Hause, damit das Haus von den eingeladenen Gästen nicht schmutzig würde, sondern wir reisten nach Italien. Eine ganze Woche verbrachten wir in Venedig in einem Fünfsternehotel. Wir feierten meinen Geburtstag auf einem kleinen Schiff mit den Familien von Vaters Geschäftsfreunden und mit einem Glas Sekt in der Hand. Es gab keine Kindergeburtstags-Stimmung, dort gab es keine Luftballons, das Schiff war nicht bunt und schön geschmückt, es war nirgends ein glückliches Kinderlachen zu hören. Wir standen perfekt angezogen, in feinsten Klamotten neben unseren Eltern und hörten das Gespräch von zehn langweiligen, oberflächlichen Menschen, die ihr ganzes Leben auf der Jagd nach Reichtum waren.

Ich merkte nur kurz, dass an diesem Tag mein Geburtstag war, als meine Nanny zu uns kam. Sie hatte eine große Torte in den Händen, schaute mir liebevoll in die Augen, wünschte mir alles Gute, und mit einem netten Lächeln sagte sie zu mir: „Kindchen, du darfst die Kerzen auspusten!".

Maria, meine Nanny, war eine 47-jährige Italienerin, die in England aufgewachsen war. Mit 18 Jahren heiratete sie einen 20 Jahre älteren deutschen Arzt. Heinrich war zu einer Konferenz in London. Während einer Mittagspause saß er in einem italienischen Restaurant und aß sein Mittagessen, als er im Restaurant eine sehr tüchtige junge Kellnerin bemerkte, die von Tisch zu Tisch lief und die Gäste fröhlich bediente. Seit diesem Tag aß er sein Mittagessen und sein Abendessen während der ganzen Woche seines Aufenthalts in diesem Restaurant. Am zweiten Tag saß er schon an dem Tisch, an welchem gestern die kleine schwarzhaarige und schwarzäugige italienisch aussehende Kellnerin bedient hatte.
Es war ein Familienbetrieb, im Restaurant arbeitete jeder dort, wo Hilfe gebraucht wurde. Hermann hatte kein Glück, von der bedient zu werden, für die er die ganze Zeit dort saß. Bald war für die ganze Familie klar, dass die Kunst ihrer Küche nicht der Grund war, weshalb dieser Gentleman, so nannte Marias Vater den zukünftigen Schwiegersohn, zweimal täglich ihr Restaurant besuchte.

Hermann war sehr schüchtern, er traute sich nicht, nach Maria zu fragen. Seine blauen Augen verrieten ihn, die Augen, die ständig die junge Frau suchten und ihr folgten. Am letzten Tag, als er fast keine Hoffnung mehr hatte, sah er zu der lächelnd herumlaufenden Maria, die eine Flasche Rotwein in der Hand hatte, den Hermann wegen seiner Nervosität täglich trank. Maria lächelte ihm zu und fragte, ob sie sich neben ihn setzen dürfe.

Hermann blieb dann noch eine ganze Woche dort. Im Restaurant feierten sie eine kleine Hochzeit, und am zweiten Tag nach der Hochzeit fuhr er mit seiner Ehefrau in die Heimat zurück.

Der Blick in den Spiegel

„Der Schrei meiner Gebärmutter erschreckte und weckte mich." Mit diesen Worten begann Olivia ihre erste Stunde der Psychotherapie. „Es war schmerzhaft unangenehm, sie brüllte, brüllte, und ihren Mund hatte sie weit offen!", rief Olivia laut und schaute der Therapeutin in die Augen. Erst jetzt nahm sie diese fremde Person wahr, der sie zum ersten Mal vor fünf Minuten ihre Hand zur Begrüßung gegeben hatte.

Olivia betrachtete ihre grünen Augen lange. „Wie sah Ihre Gebärmutter im Traum aus?", fragte die Therapeutin mit milder, vertrauenswürdiger Stimme. „Erschreckend schön und interessant! Sie sah aus wie ein tiefes und breites Loch in der Erde. Die Farbe war schwarzgrau. Nein! Nein! Nur grau! Ich betrachtete meine brüllende Gebärmutter und dachte dabei: 'Wieso nicht farbig?! Wieso kein einziger bunter Streifen?!' Ich versuchte, ganz tief hineinzuschauen in der Hoffnung, dass ich etwas sehen würde, aber da wurde ich wach. Nach dem Aufwachen spürte ich starke Angst."

„Und jetzt, ist die Angst noch da?", fragte die Therapeutin. „Ja, Angst und Schmerz empfinde ich gerade", murmelte Olivia, und sie spürte, dass ihre Kraft nur noch flatterte. Sie war müde, aber sie wollte weiterreden. Sie blieb kurz still, machte die

Augen zu und sagte: „Die Angst spüre ich im Brustbereich, und sie behindert meinen Atem. Der Schmerz sitzt in der Gebärmutter und steigt mir quälend in den Hals." „Wurden Sie schon von einem Frauenarzt untersucht, Olivia?", fragte Louise. „Ja! Meine Gebärmutter ist sehr gesund. Die Gynäkologin sagte mir nach mehreren Untersuchungen, dass es sich hier vermutlich um eine psychosomatische Erkrankung handelt. Und sie empfahl mir, eine Psychotherapie zu machen. Das war auch Kassandras und Annes Empfehlung, als sie meine Geschichte hörten. Und jetzt sitze ich bei Ihnen und hoffe auf Genesung!", erzählte Olivia und schaute Louise mit hilfesuchenden Augen an. „Wann und wie hat ihre Geschichte angefangen? Möchten Sie es mir erzählen?", fragte Louise. Olivia betrachtete lange Louises Augen und fuhr danach fort: „Wir haben ein kleines Häuschen in der Nähe des Hotels, in dem meine Eltern arbeiteten. Mein Vater arbeitete dort als Küchenhilfe und meine Mutter war Servicekraft. Als ich einmal meiner Mutter helfen musste, da sie ihr Bein verletzt hatte, blieben ihr die Blicke der ausländischen Männer, die auf mich gerichtet waren, nicht verborgen. Sie schaute mich an und lächelte… Daran zu denken, wie einfach man viel Geld verdienen könnte, konnte meine Mutter nicht mehr aufhören, und ihren Plan erzählte sie meinem Vater, der, wie sich herausstellte, auch nichts dagegen hatte, seine einzige Tochter als ein Stück teures Fleisch zu betrachten.

An einem Abend, als meine Brüder schon schliefen, hatte ich Zeit zu lernen. Nach der Schule kümmerte ich mich wie gewöhnlich um sie. Meine Eltern waren schon zu Hause, sie saßen in der Wohnküche und sahen fern. Ich ging in den Keller, damit ich dort ungestört lernen konnte. Im Keller hatten wir ein Zimmer und ein kleines Badezimmer. Im Zimmer hatte ich meine Bücher, meinen Schreibtisch, einen Stuhl und ein Holzsofa. Dort konnte ich meistens ungestört für die Schule lernen und meine Bücher lesen.

Ich hörte die Schritte meiner Eltern, die die Treppe hinunterliefen. Meine Mutter kam zu mir und mein Vater setzte sich auf das Sofa. Meine Mutter berührte meine Brüste und sagte mit ihrer sanften Stimmen, der Stimme, die ich so sehr geliebt habe, dass es an der Zeit sei, meine Weiblichkeit auszuleben. Als sie mit ihren Händen in mein Kleid eintauchte und meine Brüste knetete, sprang ich auf und wollte zur Tür laufen. Da sah ich meinen Vater, der es sich auf dem Sofa ganz nackt gemütlich gemacht hatte und uns beobachtete." Olivia schloss ihre Augen, seufzte tief und fuhr fort: „Ich spürte, wie meine Mutter mit langsamen Handbewegungen mich von meinem Kleid befreite und dabei meine Genitalien berührte. Mein Vater kam zu uns. Er kniete vor mir. Er spielte mit einem Finger an dem Häutchen meiner Jungfräulichkeit. Meine Mutter nahm die Decke vom Sofa und legte diese auf den Boden. Sie fasste mich unter den Achseln und ließ mich langsam auf den

Boden gleiten. Dann setzte auch sie sich auf den Boden und hielt meinen Kopf in ihrem Schoß. Mein Vater beschäftigte sich weiter mit mir. Langsam öffnete er meine Beine und küsste mich auf beide Knie, die vor ihm ganz brav gebeugt wie zwei kleine Berge standen und ihm die Möglichkeit gaben, ungestört an seiner einzigen Tochter weiterzuforschen. Er kletterte auf meinen nackten Körper. Sein Gesicht spürte ich bald über meinem Gesicht, und sein Atem war mir ganz nahe.

Durch den Schmerz zwischen den Beinen und durch die mütterliche Hand, die sich dort sanft bewegte, kam ich wieder zu Bewusstsein. Ich sah, wie meine Mutter meinen Unterleib von Blut befreite.

Diese Nacht blieben beide bei mir. Die ganze Nacht betrachtete ich meine schlafenden Eltern und spürte nichts mehr, überhaupt nichts", erzählte Olivia, und mit ihren Fingern drückte sie ganz fest die Armlehnen des Sessels. Sie betrachtete neugierig den Parkettboden vor ihren Füßen, auf dem die Spuren von verschiedenen Fußabdrücken gut sichtbar waren. Sie dachte an ihr schreckliches Erlebnis in ihrer Heimat und fragte sich, wie viele Menschen schon an ihrem Platz gesessen waren und was sie erlebt hatten. Ob jemandem Gleiches passiert war, was ihr zugefügt worden war. Wie litten sie, wie oft waren sie da und wie erfolgreich hatte die Therapie geendet?

Sie schaute Louise an und fragte sie: „Werde ich durch die Therapie mein ganzes Leid vergessen? Werde ich wieder gesund?" Ungeduldig wartete sie auf Louises Antwort. Ihr Herzschlag wurde schneller; wie sehr wünschte sie sich, dass die Antwort auf ihre Frage ein „Ja" sein würde. „Nein!", erwiderte Louise, sie betrachtete Olivias verzweifelte und traurige Augen, die plötzlich ein kleines Licht bekamen, als sie ihre weiteren Worte hörte. „Vergessen werden Sie es nicht, Olivia. Aber Sie werden lernen, damit umzugehen und nicht mehr darunter zu leiden." Olivia hörte die Antwort der Therapeutin, und das machte sie sehr wütend und zornig auf ihre Eltern. Sie hatte so sehr gehofft, dass sie von ihrem ganzen Leid befreit werden könnte, wenn sie darüber spräche und ihre Geschichte bearbeitete. Sie war doch so weit weg von zu Hause, von ihren Eltern, von ihrem Keller, und trotzdem waren die schmerzhaften Erinnerungen so nahe. Sie saß Louise gegenüber und dachte, ob es besser wäre, wenn sie nicht mehr weiterlebte. Dann würde sie nicht mehr das ganze Leid empfinden. Louise ahnte, woran Olivia dachte, die Zeit drängte auch. Knapp zwei Stunden dauerte die erste Therapiesitzung. Louise machte sich Sorgen; sie wollte nicht, dass Olivia mit solchen verzweifelten Gedanken und Gefühlen nach Hause ging. „Olivia, ich wende neben der psychologischen Therapie verschiedene Heilmethoden an, die schon bei meinen Patienten Erfolg zeigten. Wären Sie bereit, etwas auszuprobieren?", fragte Louise Olivia. Die mitfühlende Stimme der Therapeutin konnte den

Teufelskreis ihrer Gedanken durchbrechen. Olivia schaute sie an; in ihr tobte die Kraft der Selbstheilung und sie sagte: „Ich werde alles ausprobieren, was mir bei der Genesung hilft!" „Ich empfehle Ihnen, am Anfang zweimal die Woche zu mir zu kommen. Kommen Sie übermorgen um 15:00 Uhr zu mir. Bis dahin möchte ich Ihnen eine Übung für zu Hause geben. Welche Beziehung haben Sie zu Ihren Genitalien?" „Ich empfinde Scham für sie, manchmal hasse ich sie auch und denke mir: Wenn ich nicht als Frau geboren wäre, wäre mir so etwas nicht passiert! Ich fasse meine Genitalien kaum an. Beim Duschen wasche ich diese so schnell, dass meine Hand sie kaum berührt. Ich weiß nicht mal, wo ich was habe, wie meine Genitalien aussehen!", sagte Olivia und ballte unbewusst ihre rechte Hand zur Faust. „Olivia, ich empfehle Ihnen, zu Hause eine Übung vor den Spiegel zu machen. Sie können die Übung mehrmals am Tag wiederholen. Wichtig ist, dass Sie sich dabei nicht zwingen. Schreiben Sie nach jeder Übung ihre Gefühle auf und lesen Sie das nicht alleine, sondern mit mir zusammen. Diese Übung ist sehr wirksam und kann bei der Heilung eine große Hilfe sein. Glauben Sie, dass Sie es alleine schaffen?", fragte Louise, und als sie Olivias nickenden Kopf sah, fuhr sie fort: „Falls Sie merken, dass es Ihnen dabei nicht gut geht, brechen Sie bitte die Übung sofort ab! Und wenn es Ihnen nach dieser Sitzung so schlecht geht, wenn sie nicht mehr wissen, wie es weitergehen soll, rufen Sie mich an."

Olivia war erst seit zwei Wochen von zu Hause weg. Die Praxis der Therapeutin lag in der Parallelstraße, wo Vida wohnte. Olivia übernachtete noch bei ihr. In Vidas Fünfzimmerwohnung, wo sie mit ihrem Freund lebte, bekam Olivia ein Zimmer für sich alleine. Vida hatte Olivia heute zur Therapiesitzung begleitet und ihr auch den Weg erklärt, wie sie nach der Therapie alleine nach Hause kommen konnte.

Die empfohlene Übung der Therapeutin schien Olivia irgendwie seltsam. Dennoch entschied sie sich, diese zu machen. Sie nahm den runden Tischspiegel vom Badezimmer und ging damit in ihr Zimmer. Sie setzte sich auf das Bett. In der Hand hatte sie ein Heft und einen Bleistift, und diese legte sie neben sich. Sie zog ihre Unterhose aus, breitete die Beine auseinander und betrachtete ihre Genitalien in dem vor ihr auf dem Boden stehenden Spiegel. Die Hand ihres Vaters, die mit ihren Schamlippen spielte, sah sie plötzlich in dem Spiegel. Sie schrie vor Angst, stieß den Spiegel mit einem Bein weg und legte sich zitternd auf das Bett.

Die dunklen Gedanken, die schrecklichen schwarzweißen Bilder wechselten sich ab, und ihr Kopf tat schrecklich weh. Auf die Empfehlung des Arztes, mit den Schlaftabletten sparsam umzugehen und auf deren regelmäßige Einnahme zu verzichten, konnte Olivia nicht hören. Sie wollte schlafen, nur so konnte sie ihren Schmerz vergessen. Sie stand auf, machte kurz das Fenster auf, nahm das Schlafmittel zu sich und legte sich wieder ins Bett. Nach ein paar Stunden, als die Wirkung der Schlaftabletten nachließ, war sie wieder wach. Sie blieb im Bett und versuchte weiterzuschlafen. Ihre Augen hatte sie offen, die Bilder der letzten Jahren waren wieder da, frech und gefühllos klebten sie sich nacheinander auf die weiße Zimmerdecke und gönnten Olivia keine Ruhe. Olivia schloss ihre Augen fest und ballte ihre Hände zu Fäusten. Der Geruch ihrer Eltern, der Schweißgeruch von fremden Männern mischte sich mit dem Geruch ihres Blutes, das zum ersten Mal aus ihrer Vagina tropfte, und kreiste um ihre Nase. Mit einer Hand verschloss sie die Nase, damit ihr der stinkende und eklige Geruch nicht mehr in die Nase stieg. Der farblose Gestank, der schon in der Nase war, schwamm in Olivias Lungen hinein, vergiftete diese und erlaubte ihr nicht mehr, richtig zu atmen. „Oh Gott! Hilf mir!", schrie sie verzweifelt, sprang erschreckt aus dem Bett und lief zum Fenster.

Die frische Luft beruhigte sie ein wenig. Sie setzte sich auf den Boden vor dem offenen Fenster und bedeckte ihre Augen mit beiden Händen. In ihrem hässlichen schwarz-grauen Bildkreis sah sie plötzlich ein winziges buntes Bild. Sie strengte sich an und wartete aufmerksam und ungeduldig, bis das bunte Bild an der Reihe war. Die Bilder der nackten Körper, die unterschiedlichen Stimmen beim Höhepunkt, das in ihr Inneres dringende eklige Fleisch wechselten rasch nacheinander. Jedes Bild blieb für ein paar Sekunden vor ihren Augen stehen. Sie versuchte, sich auf das Bild zu konzentrieren, das bunte Bild gab ihr den Glauben an Genesung, die leuchtenden Farben des kleinen Bildes säten in Olivia den Samen der Hoffnung. Das Bild stand vor ihren Augen. Sie sah einen Spiegel, bedeckt mit strahlenden Farben, und sie sah ihr lächelndes Gesicht hinter den bunten Streifen. Sie versuchte, das Bild mit der Hand festzuhalten, aber schaffte es nicht, da das bunte Bild in der Welle der schwarz-grauen Bilder versank.

Olivia dachte an ihre erste Therapiesitzung und an die Spiegelübung. Sie stand mühsam auf, ging zum Spiegel, der nach ihrem Tritt umgedreht neben dem Kleiderschrank lag. Sie nahm den Spiegel in die linke Hand und schaute hinein. Sie betrachtete ihr Gesicht lange, dann setzte sie sich auf das Bett, sie stellte den Spiegel auf die Zentralheizung und seufzte tief. Sie stellte auch ihre beide Beine breit auseinander geöffnet auf die Heizung. Sie betrachtete ihre äußeren Genitalien im Spiegel. Erst jetzt bemerkte sie, als sie den mit schwarzen Haaren bedeckten Venushügel und ihre großen Schamlippen sah, dass sie sich, seitdem sie von zu Hause weg war, nicht mehr rasiert hatte. Sie streichelte die Haare sanft, zog die große Schamlippen mit den Fingern langsam auseinander und betrachtete ganz aufmerksam ihre Vagina. Plötzlich erinnerte sie sich an ihren Traum, an den weit geöffneten Mund der Vagina und an dessen Schrei. „Seltsam, wie kann so ein kleines rosafarbiges Loch so riesig groß und so farblos sein?", dachte sie und nahm aus dem Glas, das neben ihrem Bett auf einem kleinen Nachttisch stand, ein wenig Kokosöl. Sie massierte die Hände mit dem Öl, und als ihre Hände angenehm warm und feucht wurden, massierte sie ihre äußeren Genitalien damit. Dann stand sie auf und ging mit dem Spiegel ins Badezimmer. Den Spiegel stellte sie auf das Fensterbrett. Sie ließ das Wasser so lange laufen, bis es die richtige Temperatur hatte. Olivia stieg langsam in die Badewanne, nahm die Seife und streichelte damit ihre feinen, mit Kokosöl angefeuchteten Schamhaare. Vorsichtig rasierte sie die Haare und beobachtete dabei in dem Spiegel, ob alle Haare wegrasiert waren.

Diese Nacht schlief sie ruhig. Es war 10:00 Uhr mittags, als sie aufwachte. Etwas war anders, aber was, konnte sie nicht verstehen. Sie stand auf, zog den Bademantel an, öffnete das Fenster und ging in die Küche. Nach dem Duschen bekam sie großen Appetit. Sie machte zwei Scheiben Toastbrot mit Butter und Honig, legte darauf eine in kleine Stücke geschnittene reife Banane, setzte sich an den Tisch und aß die Brote genussvoll. Danach kochte sie Kaffee, goss diesen mit frischer Milch in ein großes Glas und ging damit auf den Balkon. Die frische Luft streichelte sie überall, wo sie nackte Haut fand. Olivia machte die Augen zu, hob den Kopf hoch als Zeichen, von ihr noch mehr gestreichelt werden zu wollen.

„Olivia, wie geht es Ihnen heute?", fragte Louise.
„Das Leben, das meine Eltern mir geschenkt haben,
nahmen sie von mir sehr schmerzhaft weg!", sagte
Olivia, ohne die Frage der Therapeutin zu beachten,
und fuhr schnell fort: „Meine Mutter pflegte mich
die ganze Woche. Die rasche Verwandlung der
Liebe, die ich zu meinen Eltern empfunden hatte, in
Hass war sehr schmerzhaft. Täglich vergiftet mich
das Böse, das all die Güte in meinem bisherigen Leben vernichtete. Hass und Wut empfinde ich für
meine Mutter, da sie so tat, als sei nichts geschehen.
Sie umarmte und küsste mich wie früher, und als sie
dabei merkte, dass ich ohne alle Gefühle war, sagte
sie zu mir: „Du bist wie ein Stück Holz geworden!".
Sie machte mir Vorwürfe, dass ich so kalt geworden
war. Manchmal nahm sie meine Hände und umarmte
damit ihren Hals. Sie redete ganz normal mit mir, sie
konnte oder wollte nicht verstehen, was sie und mein
Vater mir angetan hatten. Als sie von mir keine Antwort bekam, weinte sie und verfluchte mich. Sie
wollte, dass ich mitmachte, dass ich ihr das Gefühl
gab, alles sei wie früher. Nach einer Woche ließ sie
mich ganz alleine im Keller, und ich war sehr froh,
dass ich sie nicht mehr sehen musste.

Ich war eingeschlafen, als mich ein schwerer Atem
weckte. Ich machte meine Augen auf und sah einen
vor meinem Bett stehenden fremden Mann. Er war
groß und schwer, sein Gesicht strahlte Leere aus und
seine Augen durchbohrten mich. Ich erschrak, sprang
vom Bett, lief zur Tür und schrie mit lauter Stimme

in der Hoffnung, dass meine Eltern zu mir kommen und mich retten würden. Das schreckliche Geschehen hatte ich noch nicht richtig realisiert und dachte, dass meine Eltern mich schützen würden wie früher. Der Mann näherte sich mir, seine schwere Schritte und seinen lauten Atem habe ich noch jetzt in den Ohren. Er klebte von hinten an mir, mit seinen großen und schweren Händen fasste er meine Brüste grob an und zwang mich, in die Knie zu gehen. Mit einer Hand hielt er mich gefangen, mit der anderen Hand machte er den Reißverschluss seiner Jeanshose auf. Ganz fest an seine äußeren Genitalien drückte er mein Gesicht, und als er sicher war, dass ich nirgendwo mehr hinlaufen konnte, packte er mich mit seiner rechten Hand an meinen Haaren und schlug mein Gesicht so lange an seine stinkenden, grauen Schamhaare, bis ich in meinem Mund eine saure Flüssigkeit spürte, die durch meine Speiseröhre zu meinem Magen floss und der auf diese ungewohnte Speise mit Erbrechen reagierte.

An diesem Abend, als meine Mutter mit dem Putzen des Kellers fertig war, besuchte mich auch mein Vater. Er sah zu, wie meine Mutter mich mit einem Schwamm wusch, das tat sie nach jedem Besuch. Sie wollte den Kunden ein frisches und bestmöglich gepflegtes Fleisch anbieten. Mein Vater brachte mir meine Lieblingsschokolade, schaute mir in die Augen und lachte. Da habe ich zum ersten Mal richtig gemerkt, dass ich meinen Eltern ausgeliefert war. Ich schaute ihm in die Augen und bekam eine so große

Angst, dass ich sofort wegschauen musste. Seitdem habe ich nie wieder gewagt, ihm in seine kalten und bösartigen Augen zu schauen.

Ich habe sehr oft starke Unterleibsbeschwerden. Manchmal ist der Schmerz so unerträglich, dass mir nur hoch dosierte Schmerztabletten helfen. Jeden Abend wünsche ich mir vor dem Einschlafen, dass, wenn ich aufwache, ich wieder ein sorgloses und glückliches Mädchen bin, das eine unbeschwerte Kindheit hatte und seine Eltern lieb hatte. Am Morgen sofort beim Aufwachen begrüßen mich meine negativen Gedanken, die an meinen Wimpern hängen und mich in die bittere Realität begleiten.

Ich werde alles tun, um mich wieder gesund und glücklich zu fühlen. Mit so einem Leben wie diesem jetzt kann und will ich nicht weiterleben. Ich habe das Gefühl, dass ich in einem schmutzigen Teich sitze, in dem viel verdorbenes und stinkendes Fleisch schwimmt und mein Leben vergiftet. Ich hoffe sehr, dass Sie mir helfen können! Das hier ist meine letzte Hoffnung!", sagte Olivia und schaute Louise etwas nachdenklich in die Augen. „Ich zeige Ihnen, Olivia, den Weg der Heilung, auf dem viele meiner Patienten erfolgreich gegangen sind. Sie sollen nun Geduld zeigen, nie die Hoffnung verlieren und die verschiedenen Übungen, die ich Ihnen empfehle, fleißig ausprobieren. Dabei sollen Sie beobachten, was Ihnen gut tut, das weiter praktizieren, und das, wobei Sie sich unwohl fühlen, sollen Sie einfach weglassen.

Haben Sie die Spiegelübung ausprobiert, die ich Ihnen empfohlen habe?", fragte Louise Olivia. „Ja", erwiderte diese mit müder Stimme. „Und, wie ist es Ihnen dabei gegangen?" „Gemischt, ich hatte gemischte Gefühle! Die Übung fand ich am Anfang etwas merkwürdig. Bei der Übung, als ich sie zum ersten Mal ausprobiert habe, ging es mir sehr schlecht. Irgendwie hatte ich aber das Gefühl, dass etwas ganz tief in mir mich dazu aufforderte, die Übung weiterzumachen. Als ich meine haarlosen und glatten Genitalien dann im Spiegel betrachtete, wurde mir klar, weshalb ich sie, seitdem ich von zu Hause weg bin, nicht mehr rasiert hatte. Mit den Haaren habe ich meine Genitalien bedeckt, um diese zu bestrafen, sie aber auch zu schützen." Olivia erzählte Louise die Erfahrung der zwei Tage detailliert, an denen sie ein paar Mal die Spiegelübung ausprobiert hatte. Sie erzählte das, und es war gut sichtbar, wie sehr sie unter ihrer Geschichte litt.

„Wieso wollten Sie Ihre Geschlechtsorgane bestrafen?", fragte Louise und machte Notizen in ihr Heft. „Ich dachte, wenn ich nicht als Mädchen geboren wäre, wäre mir so etwas nicht passiert. Ich wollte meine Genitalien bestrafen, weil meine schrecklichen Erlebnisse mit ihnen verbunden sind. Diese Erinnerungen, dass mehrere Männer sie angefasst und in sie hart oder sanft mit ihren unterschiedlichen Penissen eingedrungen waren, machen mich heute noch wahnsinnig. Manchmal drangen die Männer so hart und so wild in mich ein, dass ich noch heute die

Schmerzen meiner Vagina und meiner Gebärmutter spüre. Hier drückt es so sehr, dass ich nicht frei atmen kann", sagte Olivia und schlug ganz sanft ihre offene Hand mehrmals auf ihre Brust. „Etwas lässt meinen Atem nicht frei fließen. Wie oft habe ich meinen Atem angehalten, wenn ich vor der Tür männliche Schritte hörte. Die Lungen sind aber gesund! Es gibt keinen Körperteil von mir, der nicht medizinisch untersucht wurde. Der Schmerz saß erst in meinen Genitalien. Als nach deren Untersuchung festgestellt wurde, dass meine Sexualorgane gesund sind, stieg das ganze Leid von meinem Unterleib zum Brustbereich. Busen, Lunge, Herz – mein ganzer Körper ist sehr gesund, trotzdem tut mir alles weh. Am meisten spüre ich den Schmerz in meiner Gebärmutter und in meiner Lunge. Das Atmen kostet mich viel Kraft und Energie. Ich muss mich dabei richtig anstrengen. Ich habe das Gefühl, dass meine Lunge mit einem dicken Schleim bedeckt ist und mich ersticken will!" „Olivia, Sie tragen keine Schuld daran, was Ihnen passiert ist. Ihre Eltern haben Ihnen das angetan, und einzig und allein sie tragen die Verantwortung dafür. Sie sollen lernen, mit ihnen Frieden zu schließen und sich selbst nicht bestrafen. Unsere Gespräche sind sehr wichtig; durch Reden schaffen Sie es, Ihre Erlebnisse loszulassen, und dabei ist es sehr wichtig, eine gesunde Selbstliebe wiederzuentdecken. Da Sie mit dem Atem Probleme haben, empfehle ich Ihnen, Atemübungen zu machen. Möchten Sie es mit mir gemeinsam ausprobieren?", fragte Louise. „Ja!" „Setzen Sie sich bitte aufrecht in den Sessel und schließen Sie Ihre Augen." Olivia tat das, was die Therapeutin ihr sagte. Sie richtete sich auf und schloss ihre Augen. Sofort öffnete sie ihre Augen und versuchte erneut, sie zu schließen; sie machte die Augen zu, und dabei merkte sie, wie schwer es ihr fiel, die Augen geschlossen zu lassen. Wieder öffnete sie ihre Augen. Sie hatte das Gefühl, dass sie auf sich selbst achten musste, damit diese noch für sie fremde Frau ihr nicht etwas antat. „Ich kann die Augen nicht zumachen", sagte Olivia und schaute Louise an. „Ich habe Angst!", fügte sie hinzu. „Dann probieren wir es mit geöffneten Augen", sagte Louise verständnisvoll zu ihr. Olivia nickte zustimmend mit dem Kopf. Nur kurz schaffte Olivia, die Atemübung mitzumachen; sie merkte, wie erschöpft sie war und hörte damit auf. „Es ist anstrengend, sehr anstrengend", sagte sie und schaute Louise mit hilflosen Augen an. „Das ist normal, Sie haben ja die Übung zum ersten Mal gemacht. Versuchen Sie bis zu unserem nächsten Termin zu Hause die Spiegelübung und, wenn Sie wollen, auch diese Atemübung zu praktizieren, aber wenn Sie merken, dass es Ihnen dabei nicht gut geht, brechen Sie es sofort ab. Genau so, wie Sie es jetzt hier gemacht haben!" Louise freute sich sehr, als sie auf Olivias Gesicht den Drang nach Veränderung bemerkte. Sie war so schon sicher, dass ihre langjährige Erfahrung auch bei Olivia erste Zeichen der Heilung zeigte.

Nach ihrer therapeutischen Ausbildung war Louise ein ganzes Jahr durch die Welt gereist. Schon während ihres Psychologiestudiums war sie mit der Technik der Meditation in Berührung gekommen. Ihre Mitbewohnerin stammte aus der Bevölkerung des Himalayas. Von ihr lernte sie die Kunst der Atemtechnik und ihre große Wirkung auf die Gesundheit. Die Erzählung über die in den Bergen des Himalayas lebenden Asketen war der Grund, weshalb Louise sich mehr als ein halbes Jahr nur in dieser Region aufhielt. Durch die Beobachtung der Natur und ihrer Bewohner, durch die Beobachtung ihrer selbst als ein Ganzes entwickelten sie die verschiedenen heilsamen Techniken, die sie danach an die Bevölkerung weitergaben. Die nach dem Kranich benannte Atemübung fand Louise besonders faszinierend. Als sie beim Praktizieren der Kranich-Übung ihren Lehrer beobachtete, hielt sie ihren Atem vor Begeisterung an. Der Atemzug dauerte mehrere Minuten so sanft und tief, dass sich dabei kein einziges Nasenhärchen bewegte. Diese rhythmische Atembewegung betäubte und beruhigte die Seele.

Olivia entschied sich, zu Fuß nach Hause zu gehen. Sie ging an einem großen Kaufhaus vorbei. Plötzlich blieb sie stehen, überlegte kurz, drehte sich um und lief in das Geschäft hinein. Sie ging durch die Hut- und die Parfümerieabteilung, ganz gezielt suchte sie nach etwas. Hinten, in der Kosmetikabteilung, bemerkte sie einen großen Spiegel, sie lief dort hin.

Auf den Regalen sah sie zum Verkauf ausgestellte verschiedene Spiegel. Von Spiegel zu Spiegel ging sie langsam; wenn ihr ein Spiegel gefiel, blieb sie kurz davor stehen, schaute hinein und betrachtete ihr Gesicht aufmerksam. In jedem Spiegel sah sie eine unterschiedliche Olivia; das Mädchen, das ihr aus dem Spiegel neugierig entgegenblickte und ihr liebevoll zulächelte, fand sie sehr angenehm. Sie lächelte zurück und nahm, neben dem Spiegel liegend, in dem die beiden sich einander glücklich anschauten, einen schönen, runden Handspiegel, der auf der Rückseite mit einer Blattgoldauflage und mit einem Blütenmotiv dekoriert war. Olivia betrachtete sich selbst lange in diesem Spiegel und freute sich sehr, als sie plötzlich das kleine, glückliche Mädchen sah, das in ihrer Heimat als 13-Jährige vor dem Spiegel in ihrem neuen Sommerkleid fröhlich tanzte. Mit leuchtenden Augen ging sie zur Kasse, in der Hand hatte sie den mit Blütendarstellungen geschmückten Spiegel. Sie bezahlte und verließ rasch das Kaufhaus. Unterwegs nahm sie den Spiegel aus der Tasche, betrachtete ihn liebevoll, küsste ihn auf die blumenverzierte Rückseite und bat ihn um Hilfe bei ihrer Genesung. Olivia steckte den Spiegel wieder in die Tasche. Ein süßes Lächeln tanzte auf ihrem Gesicht; fröhlich, mit schnellen und leichten Schritten lief sie nach Hause.

In dieser Nacht schlief sie ganz ruhig und entspannt. Mit einem leichten Glücksgefühl wachte sie auf. Innerlich, ganz tief im Inneren, spürte sie eine kleine

Freude. Sie reckte sich genussvoll und merkte, dass aus ihrer rechten Hand etwas auf das Bett fiel. Sie drehte den Kopf und sah den Spiegel, den sie gestern gekauft hatte. Sie richtete sich im Bett auf, lehnte sich mit dem Rücken an den Bettkopf, nahm den Spiegel in die Hand und schaute hinein. Sie betrachtete ihr Gesicht und dachte an Louises Worte: „Schauen Sie sich tief in die Augen, lächeln Sie und sagen Sie, dass Sie sich lieben!". Ein seltsames Gefühl, gemischt mit Scham und Vorwurf, bekam sie, als sie versuchte, diese Worte zu sich zu sagen. Sie merkte, wie fest sie ihren Mund geschlossen hielt. Die Lippen presste sie ganz fest aufeinander. Sie wollte es versuchen und dachte an die Worte und sagte diese in Gedanken. Mehrmals wiederholte sie in ihren Gedanken den Satz „Ich liebe mich!" und merkte, dass ihr Mund dabei locker wurde, sie spürte die Weichheit ihrer zusammengepressten Lippen, die sich langsam öffneten. „Ich liebe", sagte sie leise, „mich" zu sagen fiel ihr schwer. Sie machte eine kurze Pause und merkte, wie neugierig ihre Augen auf sie warteten. Olivia versuchte es noch einmal, sie schaute sich tief in Augen und sagte erneut „ich liebe"; „mich" konnte sie nicht mehr aussprechen, aber sie dachte es. Drei-, viermal wiederholte sie die Worte halb sprechend und halb denkend, und sie sah, wie sich ihre Augen mit Tränen füllten. Die Tränen liefen ihr bis zum Mund, sie machten ihre Lippen nass und noch weicher; sie machte ihren Mund auf und gab ihren Tränen die Möglichkeit, in ihren Mund hineinzufließen. Das süße Salzwasser schmeckte ihr, mit der Zunge trocknete sie ihre Lippen, die ganze Zeit hielt sie fest die Verbindung zwischen den Augen. „Ich liebe mich, ich liebe mich, ich liebe mich!", schrie sie die Worte rasch nacheinander. Sie machte Pause, atmete tief und sagte weiter, dass sie sich liebte.

Wie jedes Jahr versammelte sich die ganze Familie. Ihren 85. Geburtstag wollte Anne in ihrer Stiftung feiern. Alle Stipendiaten der Stiftung waren eingeladen. Als Anne über die Gründung ihrer Stiftung erzählte, betrachtete sie die glücklichen Gesichter, die die in dem Saal am Tisch sitzenden Menschen zeigten. Olivia saß in der ersten Reihe; aufmerksam hörte sie jedes Wort, und ihr zufriedenes Gesicht zeigte ihre große Freude. Ihre zweite, glückliche Geburt verdankte sie Annes Stiftung.